살고 싶어서
죽을 것 같아

살고 싶어서 죽을 것 같아

초판 1쇄 발행 2023년 4월 20일

지은이 램(lamb)
펴낸이 이지은
펴낸곳 팜파스
진행 이진아
편집 정은아
디자인 박진희
마케팅 김민경, 김서희

출판등록 2002년 12월 30일 제10-2536호
주소 서울시 마포구 어울마당로5길 18 팜파스빌딩 2층
대표전화 02-335-3681   **팩스** 02-335-3743
홈페이지 www.pampasbook.com | blog.naver.com/pampasbook
인스타그램 www.instagram.com/pampasbook
이메일 pampasbook@naver.com

값 16,000원
ISBN 979-11-7026-570-2 02810

끝날 듯 끝나지 않는 시간들을 보내면서
이제는 정말 보채지 않고
내 안의 불안을 받아들이고 살아가는 중입니다.

램(lamb) 지음

살고 싶어서
죽을 것 같아

팜파스

＃시작하는 말

2013. 14. 15. 16. 17
...

나는 11년 차 공황장애 환자다.

기다리던 영화의 개봉일에
    영화를 보다 뛰쳐나가서 잊을 수가 없다.
    (날짜까지 기억한다...)

한동안은
얘기를 꺼내는 것만도 힘들었는데,
    이제는 할 수 있을 것 같다.

이 기록으로
비슷한 증상을 겪고 계신 분들에게
어떤 면으로든, 조금이나마
도움이 된다면 좋겠다.
(그리고 모두 함께 완치됐으면...)

부디 우리 모두 innerpeace!

목차

발병 후 치료와 생활

Start ➡

발병의 징후들

① 발병 직전의 징후

갑작스레 엄마가 위암일 수도 있다는
진단을 받았다.

정확한 결과가 나오기까지 3주가량,

매일매일 피가 마르는 느낌이었다.

종양 제거 수술과 입원으로
엄마는 한동안 병원에 계셨고

잘 버텨줘서
고마워, 엄마

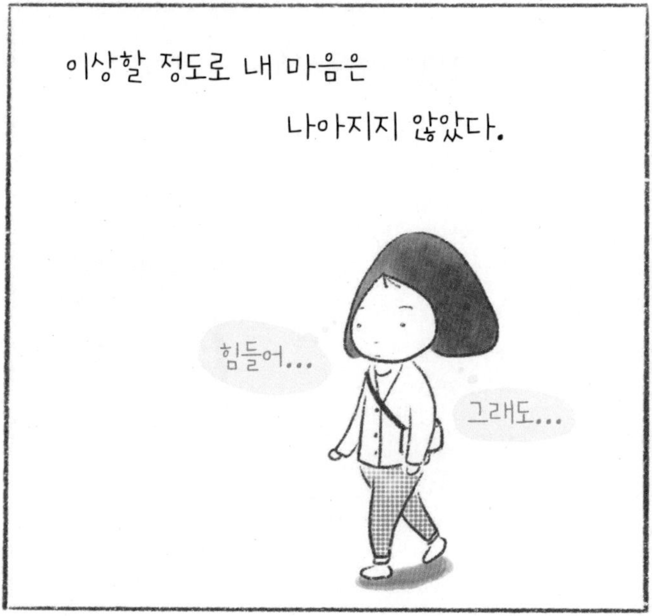
이상할 정도로 내 마음은
나아지지 않았다.
힘들어...
그래도...

학원에 출근하는 스트레스가
전에 없이 더 커졌고,

돈은 필요하니까
참고 출근하자...

계단을 오를 때마다 숨이 너무 가빴다.

하아-

당연히 운동 부족이라 그런 거라고
생각했는데,

그렇게만 치부하기에는 증상이 너무 잦았고

몸 상태가 안 좋으니 말도 안 되게
예민해지기도 했다.

이 사람,
주머니에
뭔가 있는 것
같은데?...
손을 절대 안 빼네...

아마도,

어쩌지?
무서운데? 내릴까?

→ 멋대로 생각하고
        불안해함

이때가 공황 증상의
        시작이었던 것 같다.

② 케케묵은 징후

생각해보면 나에겐 아주 옛날부터
불안의 징후들이 있었다.

하지만
불안장애에
대한

인식 자체가
없었던 시절(?)이라

...

성적에 대한 압박이 심했던 고등학교 때

시험기간만 되면 묘한 열감을 느꼈고,

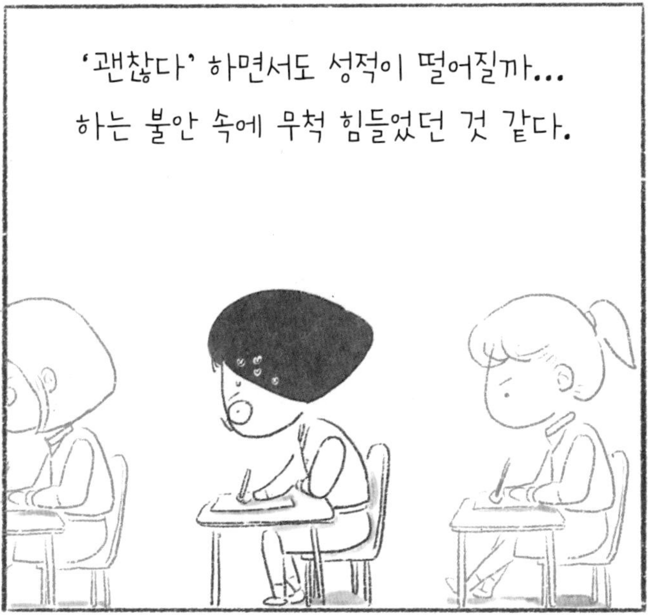
'괜찮다' 하면서도 성적이 떨어질까...
하는 불안 속에 무척 힘들었던 것 같다.

또, 사회적으로 사건 사고가 잦았던
한동안은 육교도 잘 건너지 못했고,

무너지면 어뜨카지...

돌아갈까?

...

밤에는 도둑이 들까 걱정하느라
잠을 못 자는 날이 많았다.

문단속하는 일은 잠을 못 자게 했기 때문에
내 일상생활에 가장 직접적으로
영향을 주었지만,

무슨 소리가
난 거 같은데? 분명
문단속 다 했는데?!
다시 확인해봐야...

온갖 종류의 불안함이 마음속에 있었지만,

해 뜨는 것만
보고 누워야지.
밝으면 도둑이
안 올 거야.

말 그대로

하루하루를 살아내느라 바빴고

헐! 너무 깊이
잤나 봐. 지각이다!
!!!!

주변 사람들에게는 말해볼 생각조차
못 했다. 아니, 오히려 감췄다.

너 요즘에도
불 켜고 자던데?

아니, 그게
...

건강에
해로워. 끄구
자 버릇해야지!

젊은 엄마

아빠

유난히
겁이 많아서
...

내 마음의 불안 따위를 얘기하기엔
당시 집안의 모든 상황이 최악이었다.

그 점에 대해서는 여전히 모르겠다.

하지만 다시 그 시절로 돌아간다면
좀 더 나를 살폈을 텐데...

불을 끄고
자기엔
너무 깜깜해.
무섭고...

아쉽고 안쓰럽다.

나중에...
좀 더 환해지면

각각의 시간 속에서 불안해하고 있던 나.

발병

퇴근 후, 친구들과 심야영화를
보기로 한 어느 날 극장

얼마 지나지 않아,
영화 속 주인공이 숨을 쉴 수 없다고
말하자

숨을...
숨을 못 쉬겠어요!!

벌떡 일어나 상영관을 달려나왔다.

별일 아니라고 스스로를 토닥이며
이것저것 해봤지만,

괜찮아,
괜찮아~

친구야, 뭐해?
나 좀 이상해...

그리고는 결국 응급실로...

미안한데,
내 가방 좀 챙겨서
빨리 나와줘. 병원 가야
할 것 같아. 빨리!!!!

과호흡이네요.
심장 같은 곳에 특별한
문제는 없는 것 같구요.
심리적인 부분이라
내일 신경정신과
예약 잡아놓겠습니다.

??!!

다음 날, 전문의 선생님을 만나기로 하고
일단 집으로 돌아왔고,

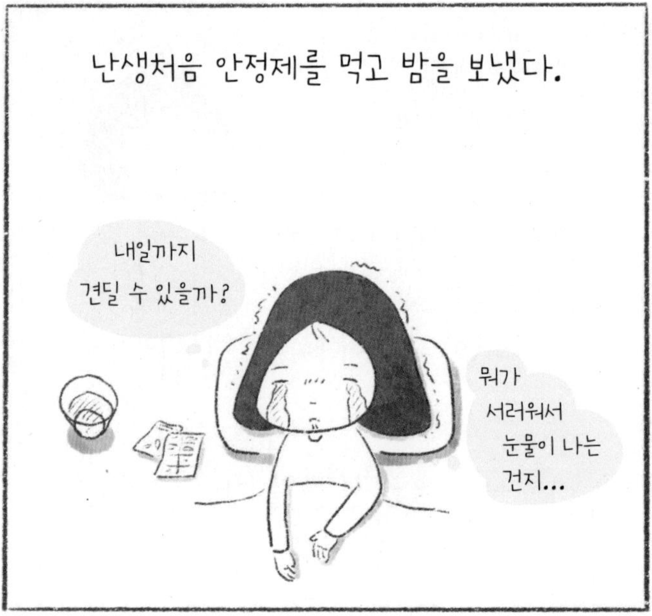
난생처음 안정제를 먹고 밤을 보냈다.
내일까지 견딜 수 있을까?
뭐가 서러워서 눈물이 나는 건지...

지극히 '개인적인' 공황발작 대처법

👆 약 먹기 + 병원 가기(치료받기)

당연히 가장 중요합니다.

저처럼 발작증상이

오기 전에, 증상이 있다~

싶으시면 가까운 병원에

가보시길 적극 추천합니다.

(발작 후 응급실로 가면 비싸요. ㅠ ㅠ)

공황장애는 약물 치료 효과가

좋다고 합니다.

의사 선생님과 상담 후

잘 치료하시길 기원합니다.

발병 후 치료와 생활

PART ①

다음 날, 병원으로 가는 길부터
쉽지 않았다.

감사합니다.

답답해서
택시도 못 타겠어.

겨우겨우 진료실에 도착했다.

후...

네

램 님!
들어오세요~

일시적으로 공황발작이
온 것 같네요.

일단 약물 치료만
꾸준히 하시면
됩니다.

의사 선생님의 입을 통해
확실하게 공황장애 진단을 받았다.

상담 시간 내내 나는 멍청한 상태였고,

멍 ⊏⊐

저기...
음식이 목에서 자꾸
걸리는 것 같은데,
혹시 그래서 숨이
안 쉬어질 수도 있나요?

이상한 질문 많이 함

의사 선생님은 그런 나를 토닥여주셨다.

음...
불안하면 당분간
약에 소화제도 같이
처방해줄게요~
걱정하지 마세요.^^

그리고 또 돌발적으로
숨이 안 쉬어질 것 같으면
당황하지 말고, 순간적으로 숨을
참아보세요. 과호흡일 확률이
높으니까 훨씬 나아질 거예요~

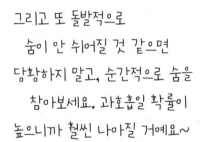

지금까지 ➡️
나에게 도움이
많이 되는 방법

아... 네

하지만 나는 너무 약해져 있었고
병원으로 가는 30분의 시간이

고맙습니다.
안녕히 계세요.

다시 또 올 자신이 없...
사람도 너무 많고, 기다리기 힘들어.

그때의 나에겐 너무 힘들었다.

하...
병원은 어찌어찌
다녀왔는데...
지하철을...

그래도 일단 출근은 해야 했다.

지하철은 극장과 같이
공황발작 증세가 올라왔던 곳이라,

무섭긴 하지만
그래도 가야지.

나에겐 쉽지 않은 공간이었지만
더는 늦출 수가 없는 시간이었다.

버스도 없고,
택시도 힘든 건
마찬가지니,
일단 타자!

덜덜

평소보다 시간은 많이 걸렸지만

어찌어찌 도착은 했다.

온몸이
땀에 절었어
...

오래 해오던 일이기도 했고
당장 미룰 방법도 없어서 수업을 하긴 했지만,

거기까지가 한계.

하 ─   아

더는 무리였다.

학원 원장님께 말씀을 드리고
며칠의 휴가를 얻었다.

양해해주셔서
감사합니다.

푹 쉬고,
다음 주에 봐요.

조금만 쉬고 오려고 했다.

PART ②

휴가 기간 내내 나는
  방 안에 누워만 있었다.

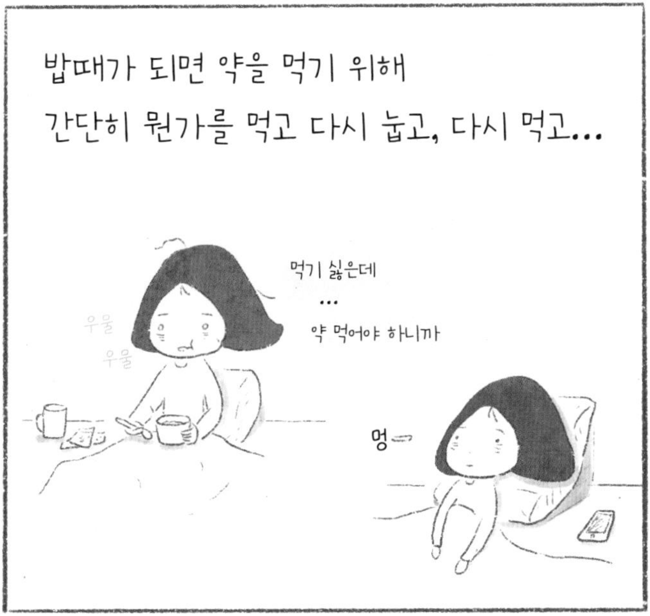
밥때가 되면 약을 먹기 위해
간단히 뭔가를 먹고 다시 눕고, 다시 먹고...
우울
우울
먹기 싫은데
...
약 먹어야 하니까
멍—

가끔씩 조급한 마음에
'공황장애'에 대해 검색을 하기도 했는데,

정작 끝까지 글을 읽을 수도 없었다.

무서워!
그때 그 느낌이
다시 생각나는 것
같아...

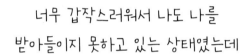

너무 갑작스러워서 나도 나를
받아들이지 못하고 있는 상태였는데

도대체
왜
이러는 거지?

뭐가
잘못된
걸까...

내 마음은 계속 급했다.

어떻게 하면
빨리 치료가 될까?

얼마나 걸릴까?

별 차도가 없는 상황 속에서도

그냥 누워서
잠만 자고 싶다
...

082

결국은 못 나갔다.

너무 쉽게 생각했던 거다.

네

네

조금 쉬면
될 줄 알았는데...

일상생활을 무리 없이
유지할 수 없어졌고,

그만둬야 할 것 같아요.
갑작스럽게
너무 죄송해요.

PART ③

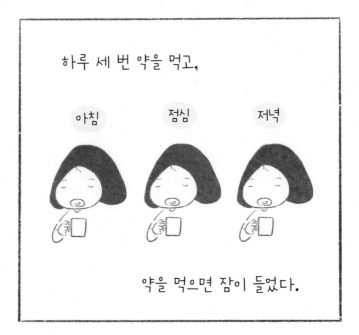

발병 후 약 한 달간은 계속
잠만 잔 것 같다.

그러다 상태가 조금씩 안정되면서

이런저런 생각을 하게 됐다.

내가
어떤
사람인지
...

미안할 정도로
스스로한테
무관심했네...

그냥 뭐가 하고 싶다. 되고 싶다.
사고 싶다. 싶다. 싶다만 하면서 살아왔어.

내가 편하게 느끼는 건 뭔지,

반대로 날 불편하게 하는 건 무엇인지...

무엇을 소중하게 생각하는지

가족의 평안함
보다
중요한 건 없지
...

평소와는 결이 다른 생각들

나는 이럴 때
안정감을 느끼고
...

평소에
긴장을
풀지 못하는 편이구나.
심지어 잘 때도;;

이대로는 못 살겠으니
당장 먹고사는 생활이 아닌

나는

모르는 척 피하기만 했더니
내가 나에게 S.O.S를 친 거였다.

이젠
정면으로 마주
해보자.

#PART ④

나에 대해 많은 것을 알게 됐고,

혼자 있는
이 시간이

너무 소중해.

적극적으로 '나를 위한' 선택을 시작했다.

당장은
어렵겠지만

차근차근

삶의 방향과 방식도 달라졌다.

당분간
직장생활은
힘드니까

돈은
없어질 테고

돈은 좀
아껴 쓰고

마음
추스르면서

그간
해보고 싶었던
것들로
수익을 내보자.

선택에 따라 포기해야 할 것들도
많아졌지만,

그리고
내가 나의 '병'을 조금씩 인정하면서

흠... 나는
꽤 오래전부터
불안도가 컸구나
...

그래서
공황장애 발병
가능성이
높았을 수도
...

상태는 점차 좋아졌다.

나, 이제
약 2번만
먹으래!

아침에 일어나서랑
자기 전에!

오, 잘됐다!
잘했네, 잘했어!!

남편 김 서방

이제 내가 풀어야 할 숙제는
*가족들에게 내 상황을 솔직하게
알리는 거였다.

어떻게 말씀을 드려야
걱정이
덜 하실려나...

*김 서방만 알고 있는 상태였어요.

★ 지극히 '개인적인' 공황발작 대처법

✌️ 호흡 참기

후 - 읍

숨을 크게 들이마신 후

흡

숨을 참고

1 2 3 4 5

...초 후

파— 하—

크게 내쉰다.

편 안

처음에 의사 선생님이 가르쳐주신 방법이에요.

공황장애 증세가 나타날 때,

숨이 안 쉬어지는 것 같지만

실제로는 과호흡인 경우가 많아서

오히려 숨을 참아보는 것도 한 방법!

* 개인적으로 도움이 많이 됐던 방법이라 소개해봅니다.

PART ⑤

처음엔 너무 정신이

없기도 했고,

어떻게 말해야 할지 몰라서

대강 둘러댔는데,

겨우 사실대로 말을 했을 때,

그때는 상태도
너무 안 좋고
경황이 없어서
대강 말했는데

이젠
사실대로 정확히
말해야 할 거 같아서...

예상했던 대로 가족들은
잘 받아들이지 못했다.

흠...

아니, 니가 왜 그런 병에 걸려?

내가 처음에 나를 받아들이지 못했던 것처럼...

하지만 시간은 흘렀고

엄마가 너 있는 데로 갈게.
지하철 타지 말고
거기 있어~

푹 쉬어.
스트레스받지 말고~

쌓여온 시간 동안 가족들도 조금씩

내 병을 받아들여주고, 이해해주면서

약 잘 먹고?
몸은 아픈 데 없어?

없어 없어.
엄마 아빠도 별일 없으시고?

이제는 든든하게 도와주고 있다.

불안한 거 있으면
언제든 말해.

고마워, 늘~

가끔,

공황장애
있다면서요?

네

하하

엄청 예민한
스타일인가 보다~

다들 마음에
그 정도 병 없는
사람이 어딨어?!

진짜 힘들어 보질
않아서 그래요.

어리   둥절

자식이
없어서
그런가 봐~

깊게 알지 못하는 사람들에게
많은 말을 듣기도 했지만

그리고 사실...

내가 못 살겠는데

주변 평가까지 신경 쓸 여력이 없었다.

하기 싫은 건 하지 않고,

보기 싫은 건 보지 않았다.

만나고 싶지 않거나

잠시 시간을 두고 싶은 관계는

그렇게 했다.

그래도 세상은
잘 굴러가요~

지극히 '개인적인' 공황발작 대처법

음... 그래요.
근데 힘들면
무리하게 시도하지 말아요.
굳이 맞서 싸우려고
하지 않아도 돼요.
피할 수 있다면,
피하는 것도 방법이에요.

조급하게 생각하지 않고
차분히 매일을 지내다 보니
극장도 지하철도 조금씩 나아지더라고요.
'피할 수 있으면 피하기'도
좋은 방법인 것 같아요!

PART ⑥

아무리 아파도 '돈'은 필요한데,

흠···

병원도 가야 하고

월세도 내야 하고

···

탈것(지하철 등등)에서

자유롭지 못하다 보니

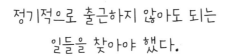

정기적으로 출근하지 않아도 되는
일들을 찾아야 했다.

내가 할 수 있는 일
... 뭘까
역시, 그림 그리는 거뿐...

원래도 그림을 그려서 먹고 살았지만,

그때는 월급생활자였고,

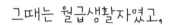

이제는 더 이상
힘들 거 같은데
...

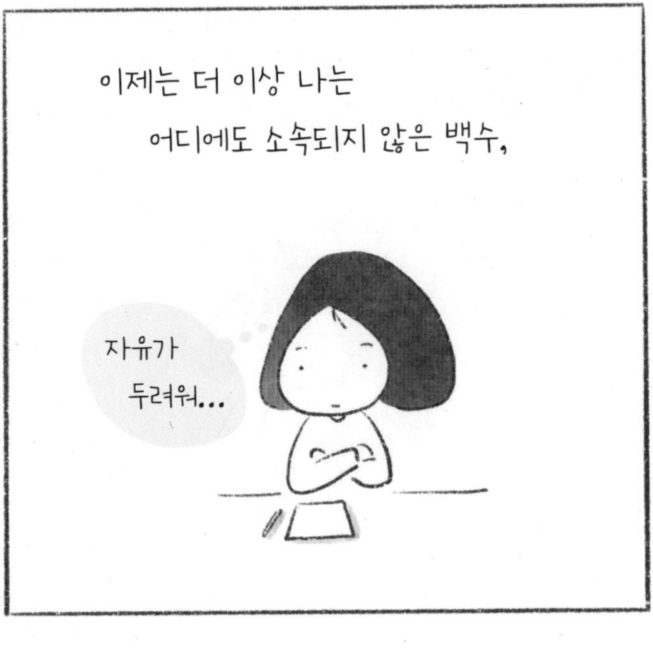
이제는 더 이상 나는
어디에도 소속되지 않은 백수,
자유가 두려워...

뭐부터 어떻게 해야 할지 막막했다.

하지만 돈을 생각하지 않을 수도 없는 상태

내 상황에 맞는 일을 찾아서
맞춰보는 과정이 필요해 보였다.

내가
할 수 있는
일일까?

아프다는 것을 핑계로
게으르지 말 것.

컨디션
안 좋으면 안 되니까
쫌만 더 누워 있을게~

누구에게
허락받고,
보여주기 위한 게
아니야.

게으름에 대한
대가도 내가 치러야 하는
내 인생이니까.

이렇게 마음을 다잡고 구체적으로
생각하기 시작했다.

일단은

　　하고 싶은 일에 좀 더 비중을 뒀다.

경제적으로 좀
힘들더라도 마음을 편안하게

어찌 됐건
2차 발병은 무서우니까
...

조금씩 길을 잡아가기 시작했다.

웹툰을 꾸준히
그리면서

소량으로
굿즈를 제작해보자!
최대한 리스크를 줄이도록

그리고 당장의 고정비를 위해서는
소액이라도 바로 수익을 낼 수 있는 일이
필요해서

언제까지고
길만 찾아다닐
수는 없어...

모아놓은 돈도
거의 다
떨어져 가고...

고민 끝에 예전에 도전해봤던
아트마켓에 다시 참가해보기로 했다.

조금씩 일을 늘려나갔다.

계속 이렇게
조금 일하고 살 수 있다면
좋겠지만...

마음이 불편해서 병이 생겼는데,

병 때문에 주변에 짐이 되고,

그래서 마음이
다시 불편해지는 악순환은 그만두고 싶었다.

가끔씩은 운 좋게 외부 주문 일도 하고,

각종 아트페어에도 참가하고,

독립출판도 하면서

그동안 알던 길이 아니라

전혀 다른 길도 있다는 걸
배우면서 살고 있다.

사는 데 별
지장 없구만~

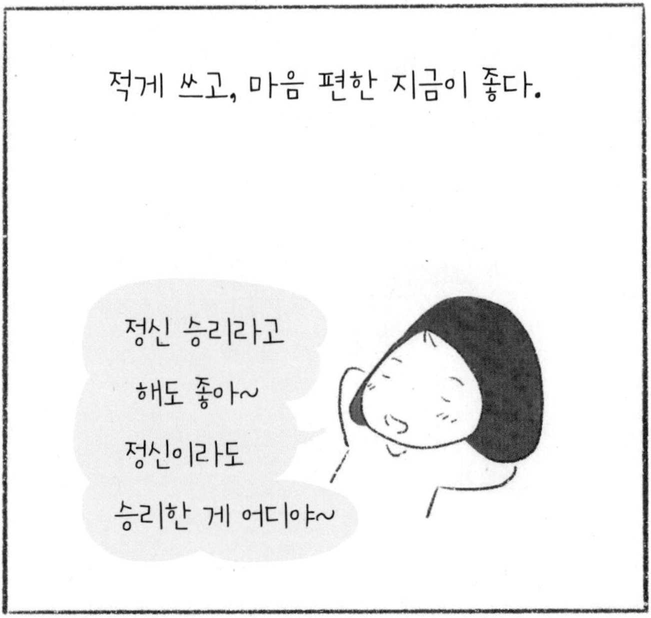
적게 쓰고, 마음 편한 지금이 좋다.
정신 승리라고 해도 좋아~ 정신이라도 승리한 게 어디야~

물론 많이 변변찮고 불안정해서
많이 적게 써야 하긴 합니다

지극히 '개인적인' 공황발작 대처법

 ## 나만의 치료제 찾기

이건 의도치 않게
찾게 된 방법인데요...

증상이 나타나는 것까진 아니지만
유난히 지치고 힘들다 싶은 날이면,

100번도 더 들은 제가 좋아하는
팟캐스트를 틉니다.

왜인지 조금 후면
마음이 차분해져요~

 뭐든, 여러분한테도
본인만의 치료법이 찾아지길 기도할게요♡

약을 먹기 시작한 지 11년,
언젠가부터 궁금해졌다.

이제 살 만하다고...

그만
궁시렁대고
병원이나 가자!

공황장애 치료를 위해 병원을
　다니면서 의사 선생님께 제일 많이
들은 말은,

그럴 수
있어요.

내가 특별히 이상하거나 약해서
공황장애라는
　병에 걸린 것이
　아니라...

누구나
그럴 수 있다는 것

슬플 수도,
기쁠 수도,
아플 수도 있다.

맺음말

• 끝나지 않은 불안

이제는 쓸 수 있겠다 생각하고
공황장애에 대한 만화를 책으로 만들려고
결심한 게 3년 전이네요.

힘들었던 감정들을 떠올리며
해야 하는 작업이었기에 중간중간
많은 쉼이 있었어요.

생각 이상으로 작업은 늦어졌지만,
어쩌면 그 많은 쉼표가
제 마음을 보호해준
방지턱은 아닐까 생각합니다.

살고 싶어서(숨 쉬고 싶어서)
　　죽을 것 같은 병이라니...

공황장애라는 병은 정말 아이러니하다는
　　생각을 종종 했습니다.

하지만 끝날 듯 끝나지 않는 시간들을 보내면서,
이제는 정말 보채지 않고
　　내 안의 불안을 받아들이고 살아가는 중입니다.

시작하는 말에서 얘기했듯 이 만화는
비슷한 불안을 안고 살아가는 누군가에게
　　조금이라도 도움이 되고,
　　　위안이 되었으면 하는 마음으로 그렸습니다.

단 한 분에게라도 그 마음이 닿기를 바라면서

우리 모두 잔잔하게 미소지으며
　　매일매일을 엮어나가요. 안녕!